Carlo Goldoni

Il paese della cuccagna

Texte et illustration de couverture : © domaine public
Edition : Culturea (Hérault, 34)
Contact : infos@culturea.fr
Retrouvez notre catalogue sur http://culturea.fr
Imprimé en Allemagne par Books on Demand
Design typographique : Derek Murphy
Layout : Reedsy (https://reedsy.com/)

Dépôt légal : janvier 2023
Tous droits réservés pour tous pays

ISBN : 9791041846368

IL PAESE DELLA CUCCAGNA

Commedia per Musica di Polisseno Fegejo Pastor Arcade da rappresentarsi nel Teatro Giustinian di S. Moisè per la Fiera dell'Ascensione l'Anno 1750.

PERSONAGGI

LARDONE governatore.
Il Sig. Antonio Valetti.
Madama CORTESE dispensiera di Cuccagna.
La Sig. Margherita Parisini.
Madama LIBERA cerimoniera di Cuccagna.
La Sig. Ginevra Magagnali.
COMPAGNONE proveditore.
Il Sig. Francesco Carattoli.
SALCICCIONE custode.
La Sig. Domenica Lambertini.

POLLASTRINA
La Sig. Costanza Rossignoli. } sposi promessi e
PANDOLINO   } salvati dal naufragio
Il Sig. Francesco Baglioni.

ORONTE capitano de' soldati.
Il Sig. . . . .
Uomini di Cuccagna. Soldati. Servitori.

La Scena si rappresenta nel paese favoloso della Cuccagna,
paese allegorico de' vagabondi, oziosi e malviventi.

MUTAZIONI DI SCENE

ATTO PRIMO

Spiaggia di mare con veduta di legni naufragati.
Compagnone, con seguito d'Uomini che portano dei polli, degli agnelli, dei capretti, delle pezze di cascio, del pane e del presciutto con altri commestibili, e dei fiaschi di vino.
Cortile nel palazzo del Governatore della Cuccagna, con fontane che gettano vino e commestibili intorno, che formano in tutto il cortile una dispensa.

ATTO SECONDO

Tempio dedicato a Bacco, a Cerere e ad Amore.
Giardino illuminato in tempo di notte, con tavola magnificamente addobbata, ricca di piatti e di licori.

ATTO TERZO

Spiaggia di mare con veduta in qualche distanza d'una galera ed altri legni.
Camera di Pandolino e Pollastrina.

ATTO PRIMO

SCENA PRIMA

Spiaggia di mare con veduta di legni naufragati.

PANDOLINO, *poi* POLLASTRINA

PAND.
  Chi m'insegna, chi mi dice
   L'infelice Pollastrina
   Se più vive, poverina,
   O se morta è in mezzo al mar?

Povero Pandolin! che gran disgrazia!
M'avessero quell'onde subissato;
M'avessero ingoiato
Un'orca, una balena,
Ch'ora non proverei sì fiera pena.
Povera Pollastrina!
Per amor mio s'è indotta
A lasciar la sua patria, e con la madre
E col fratel meco è venuta in mare;
Ma prima d'arrivare
A far in terra il nostro sposalizio,
Se n'è andata la nave in precipizio.

  Chi m'insegna, chi mi dice
   L'infelice Pollastrina
   Se più vive, poverina,
   O se morta è in mezzo al mar? (*parte*)

SCENA SECONDA

POLLASTRINA *dall'altra parte.*

Chi m'insegna, chi mi dice
  L'infelice Pandolino
  Se più vive, poverino,
  O se morto è in mezzo al mar?

Povera Pollastrina!
M'avevo ritrovato un buon marito,
E appena l'ho trovato, l'ho smarrito!
Mi dispiace perduti
Aver la madre ed il fratello in mare;
Ma oimè, che più penoso
M'è il dolor d'aver perso il caro sposo!

> Chi m'insegna, chi mi dice
> L'infelice Pandolino
> Se più vive, poverino,
> O se morto è in mezzo al mar? (*parte*)

SCENA TERZA

PANDOLINO, *poi* POLLASTRINA

PAND.	Chi m'insegna Pollastrina?
POLL.	Chi m'insegna Pandolino?
PAND.	Se più vive, poverina?
POLL.	O se morto è in mezzo al mar?

(*Vanno smaniando per la scena, poi si scoprono e si riconoscono*)

POLL. Pandolin!
PAND. Pollastrina!
POLL. Idolo mio!

PAND. Tu sei qui? Tu sei viva?
POLL. Tu non sei naufragato?
a due Evviva, evviva!
PAND. Tua madre?
POLL. Oh sventurata!
PAND. Tuo fratello?
POLL. Oh meschino!
Li ho veduti andar giù,
E non li ho più veduti a tornar su.
PAND. Come ti sei salvata?
POLL. Io mi son attaccata
A un bravo marinaio,
Ed egli semiviva
M'ha condotta del mar in sulla riva.
PAND. E il marinaro poi,
Così tra viva e morta,
Ti ha fatto nulla?
POLL. Il diavol che ti porta.
E tu come sei giunto a salvamento?
PAND. Anch'io per un portento.
Ero quasi del mar andato al fondo,
Quando per mia fortuna
Una rete trovai,
E dentro della stessa io m'intricai.
I pescator, sentendo
Il gran peso, e credendo
D'aver un buon boccone,
M'hanno tirato su per un sturione.
POLL. Grazie al cielo, siam vivi.
Ma qui cosa faremo?
E di che viveremo?

PAND.	Questo è il punto.
	Non conosco il paese,
	Non so dove addrizzarmi,
	E la fame principia a tormentarmi.
POLL.	Non si vede una casa, una capanna.
PAND.	Ecco gente, ecco gente.
POLL.	Oimè! chi sarà mai?
PAND.	Sia chi esser si voglia:
	Siano ladri, corsari o malandrini,
	Già nella tasca mia non ho quattrini.
POLL.	Dunque, per quel ch'io sento,
	Noi siamo a mal partito.
PAND.	Manca il denaro, e cresce l'appetito.

SCENA QUARTA

COMPAGNONE, *con seguito d'Uomini che portano dei polli, degli agnelli, dei capretti, delle pezze di cacio, del pane e del presciutto, con altri commestibili, e dei fiaschi di vino.*

COMP.
    Compagni, fermate,
      Se stanchi voi siete;
    Mangiate, bevete,
    Godetevi un po'.
    Io son Compagnone,
    Galantomenone;
    Mangiate, bevete,
    Compagni, buon pro.

(Gli Uomini che sono con Compagnone si pongono a sedere in terra. Tagliano del cacio, del presciutto, e mangiano e bevono. Pandolino e Pollastrina stanno osservando)

PAND. — (Che bella compagnia!) (*a Pollastrina*)
POLL. — (Sento che quel presciutto il cor mi tocca). (*a Pandolino*)
PAND. — (Che bel formaggio! Mi vien l'acqua in bocca). (*a Pollastrina*)

COMP.
    Compagni, sedete,
      Mangiate, bevete,
    Godetevi un po'.
    Io son Compagnone,
    Galantomenone:
    Compagni, buon pro.

POLL. — (Oh che caro presciutto!)
PAND. — (Oh che formaggio!)
POLL. — Domandiamone un po'. (*a Pandolino*)
PAND. — Non ho coraggio.
COMP. — Bella coppia gentil, che fate qui?
PAND. — Signor, io son del mare
    Un povero annegato,
    Che per maggior disgrazia si è salvato.
COMP. — È disgrazia la vita?

PAND.   Signor sì,
Se ho da viver così.
COMP.   Ma cosa avete?
Ditelo in cortesia.
PAND.   Giacché vussignoria...
Comanda... appagherò...
Le sue... cortesi brame...
Io, signore... son morto dalla fame.
COMP.   E voi, bella ragazza,
Che avete, che vi vedo
Immersa in una gran malinconia?
POLL.   Anch'io provo la stessa malattia.
COMP.   O poveri affamati,
Voi siete fortunati:
Siete venuti in luogo
Dove sempre si beve e ognor si magna:
Nel paese noi siam della Cuccagna.
PAND.   Quando dunque è così...
Signor... non ho coraggio...
COMP.   E che vorreste?
PAND.   Un po'... di quel... formaggio...
POLL.   Anch'io vi pregherei,
Perché quello... mi piace... sopra tutto,
Regalarmi... una fetta... di presciutto.
COMP.   Io tutto, amici miei,
Volentier vi darei,
Perché nel nostro regno
Ciascun liberamente
Mangia e beve a sua voglia, e non fa niente.
Ma abbiam però una legge,
Che prima d'aggregar un forastiero,
Pria di dargli da bere e da mangiare,
Egli deve giurare
Avanti il nostro nume
Serbar della Cuccagna il bel costume.
PAND.   Io son pronto a giurar.
COMP.   Qui non si giura;
Venite alla città.
PAND.   Quant'è lontana?
COMP.   Un miglio, un miglio appena.
Colà vi è il gran Lardone,
Nostro governator. Colà vi è il tempio
Dove Cerere, Bacco e Amor si adora.
Perché passar vi lascino alla porta,
Due de' compagni miei vi faran scorta.
PAND.   Per or non v'è rimedio...
Di ristorar un poco l'appetito?
COMP.   Già m'avete capito.
POLL.   Né men, né men per grazia?
Un po'... se m'intendete...
COMP.   Le leggi trasgredir voi non potete.

Compagni, vi vedo

Che sazi già siete;
Che più non potete
Né ber, né mangiar
Lasciam la campagna,
Andiam in Cuccagna,
Che là vi potrete
Di nuovo saziar.

(Parte con alcuni de' suoi Compagni, restandone due senza nulla da portare)

SCENA QUINTA

PANDOLINO, POLLASTRINA *e li due Uomini suddetti.*

PAND.   Ahi, mi porta via il core!
POLL.   Oimè, mi sento
Quasi svenir.
PAND.   Se fosti maritata,
Questa volta faresti la frittata.
POLL.   Andiam dietro di loro.
PAND.   Andiam. Ma piano.
Che mai dovrem giurar?
POLL.   Per me son pronta,
Per vivere e mangiare,
In mezzo a mille squadre
Giurar che non son figlia di mio padre.
PAND.   Avverti sopra tutto
Ch'esser devi mia sposa.
POLL.   Già si sa.
PAND.   Che sei dalla tua patria
Partita con tua madre e tuo fratello,
Per venirti a sposar al mio paese.
POLL.   Tutto ciò non mi scordo.
PAND.   E che non devi
Lasciar me per un altro.
POLL.   Vi s'intende.
PAND.   E avverti sopra tutto,
Se volesse qualcuno
Star teco in compagnia,
Di non darmi tormento e gelosia.
POLL.   Tu lo sai, Pandolino,
S'io stata sempre sono
Delle più modestine e più ritrose:
Ma la fame fa far delle gran cose.

Innocente sai che sono,
Sai che sono modestina...
Son ritrosa; poverina,
Tu vuoi farmi... Già m'intendi,
Tu vuoi farmi delirar. *(parte)*

SCENA SESTA

PANDOLINO *seguita per qualche passo* POLLASTRINA; *poi si ferma e mostra di parlar con essa, che non si vede.*

Ehi Pollastrina, adagio,
Aspettatemi un poco.
M'ho fatto mal, con riverenza, a un piede.
Poverina! M'aspetta, e se lo crede.
Voglio pensare alquanto,
Avanti d'impegnarmi
Con questo giuramento,
Cosa posson voler da' fatti miei,
Perché prender un granchio non vorrei.
Se vorran, per esempio,
Addossarmi il mestiere
Di primo cuciniere,
A tutto son disposto;
E se occorre, farò da menarrosto.
Ma se volesser mai
Ch'io avessi in altre cose a faticare,
Con tutto il mio giurare
Son certo e son sicuro
Che mi condanneriano per spergiuro.

Quando si tratta di far da mangiare,
Son in cucina più lesto d'un gatto.
Qua una pignatta, là un testo, qua un piatto;
Foco all'arrosto; l'allesso non più;
Volta il pasticcio; assaggia il ragù.
Son eccellente nel far da mangiar.
Fuori di questo non vuò faticar. (*parte*)

SCENA SETTIMA

Cortile nel palazzo del Governatore della Cuccagna, con fontane che gettano vino e commestibili intorno, che formano in tutto il cortile una dispensa.

LARDONE, SALCICCIONE, *Madama* CORTESE, *Madama* LIBERA *e Compagni.*

CORO

Dolce cosa all'uomo amica
È il mangiar senza fatica.
Buoni cibi, buon licore,
Ogni dubbio, ogni rossore
Fan dal ghiotto dileguar.

SALC.   Dolcissimo Lardone,

	Nostro governator, il ciel cortese

Nostro governator, il ciel cortese
Vi conservi per sempre
Il più bel dono ch'abbiano i viventi:
Buon stomaco, buon gusto e buoni denti.

CORT.   Io v'auguro di core
Che ber possiate come un animale,
Senza che il troppo vin vi faccia male.

LIB.   Io prego che il dio Bacco
Faccia del vostro stomaco un lambicco,
E acciò non vi saziate,
Vi faccia digerir mentre mangiate.

LARD.   Vi ringrazio, miei cari;
E in premio dell'amor che mi portate,
Amor sincero e grande,
Parte vi voglio far di mie vivande.
(*Vengono Servi con torte e pasticci*)

CORT.   Evviva il buon Lardone,
            Il buon governator.
a tre   Quel caro bernardone
            È proprio di buon cor

LIB.
SALC.

SCENA OTTAVA

COMPAGNONE *e detti.*

COMP.   Signor, due forastieri,
Un uomo ed una donna,
Sulla spiaggia del mar ho ritrovati.
I poveri sgraziati
Stanno ben d'appetito,
E son meco venuti al dolce invito.

LARD.   Vengano pur, ma prima
Che sian ammessi al nostro trattamento,
Fategli far l'usato giuramento.

COMP.   Olà, vengano avanti
Quegli affamati pellegrini erranti.

SCENA NONA

PANDOLINO, POLLASTRINA *e detti.*

            Ben venuto il pellegrino
} *a*   Nella nostra compagnia.
due   Beveremo in allegria,
CORT.   Mangeremo in quantità.

LIB.

(*Queste due Donne prendono in mezzo Pandolino, e cantano*)

$$\left.\begin{array}{l} \\ \\ \\ \end{array}\right\} a \text{ due}$$

SALC.
LARD.

Ben venuta, pellegrina,
Nella nostra compagnia.
Senza tema e gelosia,
Il buon tempo si godrà.

(*Questi due prendono Pollastrina in mezzo e cantano, e lei mostra di godere*)

PAND.   Io vi sono obbligato;
Ma ditemi, di grazia:
Che cerimonia è questa?
Le donne fan finezze a un uomo maschio,
E gli uomini le fanno ad una femmina?
No, così non mi piace.
Io voglio la mia sposa;
La voglio, m'intendete?

LIB.   Se farete così, non mangerete.

POLL.   Caro sposino mio,
Se state bene voi, sto bene anch'io.

LARD.   Cara la mia fanciulla,
Non vi mancherà nulla.

SALC.   Sarete ben trattata,
Servita e rispettata.

COMP.   Se ognuno baderà alle cose sue,
Godrete la Cuccagna tutti due.

PAND.   Non me n'importa un fico;
Vi replico e vi dico
Che voglio Pollastrina.

LIB.   Se volete la sposa, e voi prendetela. (*la spinge in mezzo la scena*)

LARD.   Se bramate la sposa, e voi tenetela. (*fa passare Pollastrina vicino a Pandolino*)

PAND.   Caro quel bel visino!

POLL.   Caro il mio Pandolino!

PAND.   O che paste sfogliate! (*vedono i pasticci e le torte*)

POLL.   Che torte inzuccherate!

PAND.   Oimè, non posso più.

POLL.   Oimè, sento che il cor mi balza in su!

PAND.   Signor, per carità, (*a Compagnone*)
Lasciatemi assaggiar.

POLL.   Deh permettete...

SALC.   Pria dovete giurar, poi mangerete.
Io che son il custode
De' cibi di Cuccagna,
Vi dico che per ora non si magna.
(*a Pandolino e Pollastrina, poi parte*)

POLL.	E intanto s'ha a patire?
PAND.	E intanto dalla fame s'ha a morire?
CORT.	Io che son destinata

POLL.   E intanto s'ha a patire?
PAND.   E intanto dalla fame s'ha a morire?
CORT.   Io che son destinata
           All'uffizio gentil di dispensiera,
           E che ho nome Cortese,
           Vi farò buone spese;
           A pranzo, a colazion, merenda e cena,
           Vi darò da mangiar a pancia piena.

              Io son di quelle femmine,
                Ch'han generoso il cor,
                E che si fanno onor
                Con quel che suo non è.
              Io sono facilissima
                A movermi a pietà;
                E far la carità
                Nessun sa più di me. (*parte*)

SCENA DECIMA

PANDOLINO, POLLASTRINA, LARDONE, *Madama* LIBERA, COMPAGNONE e *Compagni.*

PAND.   La signora Cortese
           Con tutta la sua grande cortesia
           Nulla m'ha dato, e se n'è andata via.
POLL.   Finora, poverino,
           Lo stomaco si lagna;
           E finora per noi non v'è Cuccagna.
LARD.   Per goder di Cuccagna il beneficio,
           Convien saper se siete
           Abili per la nostra istituzione.
           Due sorte di persone
           Vi sono al mondo. L'una è di coloro
           Che traggono il mangiar dal suo lavoro;
           L'altra è di quella gente
           Che cerca di mangiar senza far niente.
           I primi son nemici
           Del chiasso e del bagordo;
           Sono gli altri d'umor lieto ed ingordo.
           Chi avesse dei due geni
           Misti e confusi i desideri suoi,
           Non sarebbe per noi.
           Chi pensa seriamente, stia lontano:
           Solamente quel che ama la pazzia,
           Degno è di star in nostra compagnia.

              Goder Cuccagna
                Talun procura,
                Ma quanto dura
                Dirvi non so.

Finché si magna
Si tira avanti.
Lo fanno tanti,
E anch'io lo fo. (*parte*)

SCENA UNDICESIMA

PANDOLINO, POLLASTRINA, COMPAGNONE *e Madama* LIBERA

LIB.
E ben, di qual dei due
Essere destinate?

PAND.
Lasciate che ci pensi.

LIB.
                        Via, pensate;
E se saper volete
Quai siano i riti nostri, io sarò pronta
A dar a voi la relazion più vera,
Io che libera son cerimoniera.

PAND.
Mi farete piacer.

POLL.
                  Vi sarò grata.

LIB.
La gente fortunata
Della nostra città si leva sempre
Vicino al mezzodì. Levati appena,
Van le donne allo specchio,
Gli uomini alla cucina:
Le prime a bellettarsi e farsi i ricci,
I secondi a ordinar torte e pasticci.
Fra visite, fra giochi ed amoretti,
Viene l'ora del pranzo;
Ognun mangia, ognun beve
Più di quello che può, di quel che deve.
Tutto il resto del giorno
Di qua, di là, d'intorno,
Si può far all'amor liberamente,
Senza trovar nessun che dica niente.
La sera si rinnova
Il gusto della cena,
E poi a pancia piena,
Per compir il diletto,
Ciascun sen va colla sua sposa in letto.

Ad ogni bel diletto
Prevale un dolce amore:
Chi non lo sente al core,
Che cosa mai sarà?
In mezzo alla Cuccagna
Contento mai farà[0].
Quest'è quel bel gran regno
Che al mondo egual non ha;
E chi ha fortuna e ingegno,
Per tutto il troverà. (*parte*)

<h1 style="text-align:center">SCENA DODICESIMA</h1>

PANDOLINO, POLLASTRINA e COMPAGNONE

PAND.		Oh che regno felice! Oh che paese
		Gustoso e prelibato!
		Sempre più me ne sono innamorato.
COMP.		Dunque andiamo a giurar.
PAND.		Sì, Pollastrina,
		Andiam, se di venir contenta siete.
POLL.		Io per tutto verrò dove volete.
COMP.		Ma dite, galantuomo,
		Quella bella ragazza è vostra moglie?
PAND.		Ancor tale non è; ma tale io spero
		Che presto diverrà,
		Se il buon Governator lo accorderà.
COMP.		Sì, sposatela pure,
		Poiché nella città della Cuccagna
		Quegli che ha bella donna per consorte,
		È sicuro goder felice sorte.
POLL.		Se voi ce l'accordate,
		Noi faremo anche adesso il matrimonio.
COMP.		Fatelo; io servirò per testimonio.
PAND.		Sarete il protettor?
COMP.		Sì, per appunto.
		Ed io poi manderò
		Pane, vino, cappon, manzo e vitello
		Al mio caro sposin grazioso e bello.
PAND.		Dunque veniam al fatto.
COMP.		Facciam, ma con un patto,
		Che quel che s'usa qui col protettore,
		Senza difficoltà dobbiate usare.
POLL.		Dite pur, ch'io son pronta.
PAND.		Anch'io non mi ritiro.
COMP.		Via, sposatevi.
		Alla presenza mia date la mano:
		Le usanze vi dirò di mano in mano.

PAND.		Pollastrina, ecco la mano.
POLL.		Pandolino, ecco la man.
PAND.		Ecco fatto il matrimonio.
COMP.		Ed io son il testimonio,
		E compita è la funzion.
PAND.		Dunque andiamo.
POLL.		Pronta sono.
COMP.		No, fermate; or vien il buono.
PAND.	*a due*	Dite su, che s'ha da far?
POLL.		
COMP.		Non sapete? Il protettore
		Deve andar, per farle onore,
		Con la sposa a passeggiar.
PAND.		Vada pur, che vengo anch'io.

COMP.	No, non venga, padron mio.
POLL.	Da noi soli s'ha d'andar.
PAND.	Dove andate?
COMP.	Nol cercate.
POLL.	Non l'avete a domandar.
PAND.	Questa cosa non mi piace;
	La mia sposa ha da restar. (*gli leva* *Pollastrina di mano*)
COMP.	Dunque resta, o bernardone:
	Non ti mando più cappone,
	Né vitello da mangiar. (*vuol partire*)
POLL.	Siete un pazzo. (*a Pandolino*)
PAND.	Ehi! sentite. (*a* *Compagnone*)
COMP.	Che volete?
POLL.	Egli è pentito.
COMP.	Se sarete buon marito,
	Protettore anch'io sarò.
PAND.	Compatite la ignoranza.
a tre	Vada via la gelosia,
	E godiam quel che si può.

ATTO SECONDO

SCENA PRIMA

Tempio dedicato a Bacco, a Cerere e ad Amore.

LARDONE, COMPAGNONE, SALCICCIONE e *Compagni, tutti coronati di pampini, in vesti bianche.*
Madama CORTESE e *Madama* LIBERA, *vestite da Baccanti, coronate di fiori;* POLLASTRINA, *vestita*
da Baccante senza corona; e Coro di Baccanti.

CORO	Evviva il Dio de' pampini,
	Evviva Amor bambin;
	Evviva Bacco e Cerere,
	Evviva il pane e il vin.
PARTE DEL	Questa divota femmina,
CORO	Che viensi a dedicar,
	Dei fiori più odoriferi
	Vogliamo incoronar.
	(*pongono la corona in capo a Pollastrina*)
TUTTO IL	Evviva il Dio de' pampini,
CORO	Evviva Amor bambin;
	Evviva Bacco e Cerere,
	Evviva il pane e il vin.
POLL.	È una gran bella cosa il canto e il suono!
	Gradisco il vostro dono;
	Inchino i vostri numi;
	Amo i vostri costumi;
	Tutto mi dà nel genio e mi conforta,
	Ma sono dalla fame mezza morta.
LARD.	Or che siete de' nostri,
	Venite, se volete;
	Staremo allegramente, e goderete.
POLL.	Ma dov'è mio marito?
LIB.	Oh siete pazza
	Se il marito cercate.
	Venite via con noi, badate a me;
	E il marito, se vuol, pensi per sé.
POLL.	Mi cercherà.
CORT.	Lasciate che vi cerchi.
	Andar con il marito in compagnia
	Sarebbe una solenne villania.
SALC.	Via, datemi la mano.
LARD.	Venite col sovrano.
COMP.	Andate, andate pure,
	Che le femmine son fra noi sicure.
CORO	Evviva il Dio de' pampini,
	Evviva Amor bambin;

Evviva Bacco e Cerere,
Evviva il pane e il vin.
(*partono tutti, fuorché Compagnone*)

SCENA SECONDA

COMPAGNONE *e Ministri del Tempio, poi* PANDOLINO

COMP.	Olà, sacri ministri,
	Preparate ogni libro, ogni strumento,
	Per far la gran funzion del giuramento.
PAND.	Dov'è, dov'è mia moglie?
	Mia moglie dov'è andata?
	Ah, signor protettor, me l'han rubata.
COMP.	E ben? Che cosa importa?
	Ella non è già morta;
	Ed in qualunque luogo sia rimasa,
	La troverete questa sera a casa.
PAND.	Signor no; non va bene.
COMP.	Orsù, giurar conviene,
	In faccia ai nostri numi,
	Osservar i costumi
	Della nostra nazione;
	O andarvene di qua come un birbone.
PAND.	Senza mangiar?
COMP.	S'intende.
PAND.	Io morirò.
COMP.	E voi dunque giurate.
PAND.	Io giurerò.
COMP.	Bravo! così mi piace.
	Olà, venite avanti. (*ai Ministri, uno dei quali gli porge un libro*)
	Datemi qui quel libro;
	E voi, Pandolin mio,
	Non lasciate di dir quel che dich'io.
	Bacco, signor del vino...
PAND.	Bacco, signor del vino...
COMP.	Promette Pandolino...
PAND.	Promette Pandolino...
COMP.	Benché sia fatto sposo...
PAND.	Benché sia fatto sposo...
COMP.	Non essere geloso...
PAND.	Oh questo poi...
COMP.	Se non volete voi
	Giurar come dich'io, vi scaccerò.
PAND.	Povero Pandolino, io giurerò!
COMP.	Prometto di non essere geloso.
PAND.	Prometto... di non essere... geloso.
COMP.	Prometto... via.
PAND.	Prometto...
COMP.	Di non far mai fatica.
PAND.	Oh sì, prometto

	Di non far mai fatica.
COMP.	Di mangiar quanto posso, e sempre bere.
PAND.	Prometto (oh che piacere!)
	Di mangiar e di bere.
COMP.	Di non prendermi cura
	Se la mia moglie stia
	Con altri in allegria.
PAND.	Non lo posso giurar.
COMP.	Se non giurate
	Anco questo di far, partite, andate.
PAND.	Vedo che il caso è brutto:
	Signor sì, signor sì, giuro far tutto.
COMP.	Ora siete aggregato
	Al popol fortunato di Cuccagna,
	Dove il bere e il mangiar non si sparagna.

> Che bel vedersi in casa
> Venir il pane, il vino,
> Senza saper da chi!
> Vi sono tanti e tanti
> Che vivono così.
> Ma quasi ognun che visse
> In questa bella vita,
> Finì la sua partita,
> E misero morì. (*parte*)

SCENA TERZA

PANDOLINO *solo.*

Adesso, Pandolino,
Sei fatto di Cuccagna cittadino.
Puoi saziar quanto brami ogni appetito,
Ma sei di Pollastrina il bel marito.
Cospetto, cospettone,
Voglio la sposa mia...
Ma questa è una pazzia.
Signor no, signor no, pazzia non è;
L'ho presa e l'ho sposata sol per me.
Ma la fame? La fame
Si sopporta, e si fa come si può.
Vuò piuttosto morire. Oh messer no.
Fra l'amore, l'onore e l'appetito,
Combatto e mi confondo.
Parlano i miei pensieri, ed io rispondo.

> Dice questo: bada bene,
> Che ti voglion corbellar.
> Dice l'altro: non conviene
> La fortuna abbandonar.

A chi dunque crederò?
Ora vengo. Dite voi:
Il bel tempo ho da lasciar?
Signor no. Ma voi che dite?
Ho a star quieto e sopportar?
Signor sì. Già v'ho capito.
Son amante, son marito,
Ma mi piace la Cuccagna,
Non mi piace affaticar. (*parte*)

SCENA QUARTA

Appartamento destinato a Pandolino e Pollastrina.

Madama LIBERA, POLLASTRINA *e Madama* CORTESE *ne' loro primi abiti.*

LIB.   E ben, come vi piace
       Il vivere fra noi?
POLL.   Mi piace assai.
       Ma sapere vorrei
       Come vengan in Cuccagna
       Tanti cibi ogni dì, tanti licori,
       Senza che alcuno spenda, alcun lavori.
CORT.   Vi voglio soddisfar. Sappiate, amica,
       Che nel mondo si trovano
       Certe ricche persone, e piene d'oro,
       Ch'hanno in casa un tesoro,
       E un soldo non darian per carità;
       Ma se si tratterà
       D'alimentar oziosi,
       Liberali saranno e generosi.
       Queste son quelle appunto
       Che fomentan i vizi, e fan che stia
       Il popol di Cuccagna in allegria.
POLL.   Queste genti saranno
       Qual altre deità quivi adorate.
LIB.   Amica, v'ingannate.
       Il popol di Cuccagna,
       Quand'ha bene mangiato,
       Beffeggia nel suo cuor chi gliel'ha dato.
POLL.   Per dir la verità, pensando anch'io
       Alla vostra sì strana cortesia,
       Ho riso nel mio cor la parte mia.
CORT.   Ridete pur, ma poi pregate il fato
       Che duri la Cuccagna.
POLL.   V'è pericolo
       Forse che si distrugga?
CORT.   V'è pur troppo
       Quella gran diceria
       Che la Cuccagna sia

Cercata in più d'un loco,
Ma che, quando si trova, dura poco.

Vi son due strade al mondo
  Per l'uomo pellegrin;
  Chi non ricerca il fin,
  Conoscerle non sa.
La strada più fiorita
  Lo guida alle rovine;
  E l'altra fra le spine
  Al porto il guiderà. (*parte*)

SCENA QUINTA

Madama LIBERA *e* POLLASTRINA

POLL.	Come parla costei! Non par che siano Cotali sentimenti Di Cuccagna adattati ai cor contenti.
LIB.	Vi dirò. Noi ancora Nel nostro cor talora Abbiam qualche pensier illuminato Che ci fa vergognar del nostro stato.
POLL.	Or mi ponete in dubbio Di restare tra voi.
LIB.	Non ci pensate. Fate come fo io: Scaccio il pensiero, e faccio a modo mio.
POLL.	Possibil ch'io non possa Mio marito veder?
LIB.	Lo vederete Quanto mai che volete. Per altro quelle donne Ch'hanno preso in Cuccagna il lor partito, Pochissime si curan del marito.
POLL.	E cosa fanno poi?
LIB.	Si fan servire Or dall'uno, or dall'altro: Or con un vezzo scaltro, Or con un bel sorriso, Finché dura il bel fior del vago viso.
POLL.	Quando la donna invecchia, Allor che cosa fa?
LIB.	Di loro alcuna Suol fare la maestra, E la men scaltra gioventude addestra.
POLL.	Di queste Cuccagnette N'ho vedute diverse, Mantenute da sciocchi a proprie spese.
LIB.	Tutto il mondo è paese. Il nostro di Cuccagna è il vero regno;

Ma però da per tutto,
Dove senza pensar si beve e magna,
Si gode dagli oziosi la Cuccagna.

        Le madri che defraudano
            Le figlie della dote,
            Le zie che si mantengono
            Col bel della nipote,
            E quei mariti che amano
            Mangiar e non pensar,
            Cuccagna tutti godono,
            Ma poco suol durar. (*parte*)

SCENA SESTA

POLLASTRINA, *poi* PANDOLINO

POLL. Quello che gli altri fanno,
Faremo ancora noi.
Così dei piacer suoi ciascun si scusa;
Basta di poter dir: così si usa.

PAND. Oh Pollastrina mia,
Alfin t'ho pur trovata.
Come fu? com'è andata?
Finor per causa tua son stato in pene.

POLL. Credimi ch'io sto bene,
E ne ringrazio il fato.
Ho bevuto e mangiato,
Son stata in allegria:
Credo più bel paese non vi sia.

PAND. Anch'io m'ho reficiato,
Ma non del tutto ancor. Vi vuole assai,
Poiché due giorni intieri digiunai.
Ma non vuò certamente
Che ci stiamo lontani.

POLL.   Anch'io patisco,
Se non ti son vicina.

PAND. Cara mia Pollastrina,
Ti voglio tanto bene.

POLL.   Io t'amo tanto.

PAND. Averei quasi pianto.

POLL. Mi sarei data alla disperazione.

PAND. Senonché nel mio core
Vinto fu dalla fame anco l'amore.

POLL. Senonché nel mio petto
Dei cibi al buon odor cedé l'affetto.

PAND. Ora che meglio stiamo,
Vieni, che ci abbracciamo un pochettino.

POLL. Vieni, che sei il mio caro Pandolino. (*si abbracciano*)

SCENA SETTIMA

COMPAGNONE *e detti.*

COMP.   Olà, che cosa fate?
                   E non vi vergognate?
PAND.   La sua moglie abbracciar non è vergogna.
COMP.   Ma farlo non bisogna
                   Così pubblicamente.
PAND.   (Lo faremo in segreto). (*piano a Pollastrina*)
POLL.   (Non temere;
                   Lo farem che nessun potrà vedere). (*piano a Pandolino*)
COMP.   Venite, Pollastrina,
                   Voglio mostrarvi il vostro appartamento.
POLL.   Vengo.
PAND.   Anch'io venirò.
COMP.   Con noi? Oh, signor no.
PAND.   Dunque non posso andar colla mia moglie?
                   Non intendo, signor, tal complimento.
COMP.   Ricordatevi il vostro giuramento.
PAND.   È ver, ma non vorrei...
POLL.   Marito, sciocco sei.
                   Se vuoi far il geloso,
                   Non son di quella pasta;
                   Sai che donna ch'io son, e tanto basta.

                   La donna onorata
                     Può andar dove vuole,
                     E in mezzo a un'armata
                     Sicura può star.
                   Ma quand'è di quelle
                     Che son sfacciatelle,
                     Non bastan cent'occhi
                     Per farle guardar;
                     Né chiavi, né funi
                     Le posson frenar. (*parte per mano di Compagnone*)

SCENA OTTAVA

PANDOLINO, *poi* SALCICCIONE *con Uomini che portano dei regali.*

PAND.   Oh che boccone amaro!
                   Questo poco mangiar mi costa caro.
SALC.   Amico, dite in grazia,
                   Pollastrina dov'è?
PAND.   Là in quella stanza.
SALC.   La vado a ritrovar.
PAND.   Sì francamente?
                   Così senza dir niente
                   A me, che son alfine suo marito?

23

SALC.	Siete stato avvertito
	Dell'uso nostro; onde per dirla, amico,
	Vado, e di voi non me n'importa un fico.
PAND.	Olà, dico, fermate.
SALC.	Eh via, non mi arrestate.
	Io porto a vostra moglie
	Due abiti, e le loro forniture.
PAND.	Signor, quand'è così, si serva pure.
SALC.	Amico, a quel ch'io sento,
	Voi sarete ogni giorno più contento. (*entra in camera con i doni*)

SCENA NONA

PANDOLINO, *poi* LARDONE *con Uomini carichi di vivande.*

PAND.	Non so cosa si dica di contento;
	Quel ch'io faccio, lo fo per complimento.
LARD.	Pandolino, dov'è la moglie vostra?
PAND.	Là dentro, padron mio.
LARD.	Vado a vederla. Addio.
PAND.	Ma signor, senz'almeno
	Domandarmi licenza?
LARD.	Cos'è questa insolenza?
	Posso andar quando voglio, e voi tacete.
	Voi mangiate e bevete,
	E ancor vorreste far il bell'umore?
PAND.	Signor Governatore,
	Vi domando perdono;
	So che una bestia io sono.
	Ditemi almen, per grazia:
	Cosa v'è in quei bacili e in quei cestoni?
LARD.	Vi sono dei capponi;
	E a Pollastrina tutti
	Li reca di sua mano il buon Lardone.
PAND.	Meraviglio, signor; vada, è padrone.

LARD.　　Ve ne sono tanti e tanti,
Per la fame rei birbanti,
Che poi fanno gli onorati
Quando fame non han più.
La Cuccagna è un bel paese:
Quei che sonovi arrolati,
Non patiscon certi flati,
Né vi soglion pensar su.

(*Entra nella camera di Pollastrina con gli Uomini che portano i doni*)

SCENA DECIMA

PANDOLINO *solo*.

Vorrei entrar anch'io,
Ma commettere temo un'increanza
Che sia contro l'usanza. Mi rammento
Una ragion che ha detto
Della Cuccagna la cerimoniera:
La moglie in casa troverò stassera.

SCENA UNDICESIMA

POLLASTRINA *di camera, servita di braccio da* LARDONE *e* COMPAGNONE; SALCICCIONE *e detto*.

LARD.	Voi siete assai vezzosa. (*a Pollastrina*)
POLL.	Tutta vostra bontà. (*a Lardone*)
COMP.	Le vostre luci
	Son tutte leggiadria. (*a Pollastrina*)
POLL.	È vostra cortesia. (*a Compagnone*)
SALC.	Vedete a vostra moglie quanti onori! (*a Pandolino*)
PAND.	Son obbligato a tutti lor signori.
COMP.	Andiamo, andiamo a cena.
POLL.	Andiamo pure.
LARD.	Andiamo a cena nel giardino mio.
PAND.	Grazie di tanto onor. Consorte, addio.
	(*Partono Pollastrina, Lardone e Compagnone*)

SCENA DODICESIMA

SALCICCIONE *e* PANDOLINO

PAND.	Oh questa poi mi spiace sopra tutte.
	Come? La moglie mia vogliono a cena,
	E non fanno l'invito
	A me, che son marito?
SALC.	In questa parte
	Vi do ragione. Andate;
	Schiettamente parlate.
	Dite che quando vanno
	Le mogli a dei conviti,
	S'ha da dar da mangiar anco ai mariti.
PAND.	Quand'è così, non tardo
	A dire il fatto mio:
	Se mangia lei, voglio mangiar anch'io. (*parte*)

SCENA TREDICESIMA

SALCICCIONE *solo.*

Come presto costui
S'è all'uso accomodato!
Come presto ogni scrupolo ha scacciato!
Quando si unisce insieme
Disgrazia e mal talento;
Quando l'uomo ha de' vizi, e non guadagna,
Presto presto si adatta alla Cuccagna.

Se non fosse la speranza
  Di goder senza fatica,
  Quanta gente meno amica
  Vi sarebbe del piacer.
S'invaghiscon dell'usanza
  Di mangiare all'altrui spese;
  Ed in questo e in quel paese
  La Cuccagna ha il suo poter. (*parte*)

SCENA QUATTORDICESIMA

Giardino illuminato in tempo di notte, con tavola magnificamente addobbata, ricca di piatti e di licori.

Madama LIBERA, *Madama* CORTESE, POLLASTRINA, LARDONE, COMPAGNONE *e* PANDOLINO, *tutti a tavola. Servitori che servono.*

TUTTI   Beviamo allegramente
                Senza pensar a niente.
                Evviva la Cuccagna,
                Evviva il buon licor. (*tutti bevono*)

LARD.   Un brindesi vuò fare
                A quelle donne care
                Che sono di buon cor.

TUTTI   Evviva la Cuccagna,
                Evviva il buon licor. (*Pandolino
beve*)

COMP.   Un brindesi fo anch'io
                A chi è del genio mio,
                A chi è di buon umor.

TUTTI   Evviva la Cuccagna,
                Evviva il buon licor. (*Pandolino
beve*)

LIB.   Un brindesi facciamo
                A quelli che inganniamo
                Col nostro finto ardor.

TUTTI   Evviva la Cuccagna,
                Evviva il buon licor. (*Pandolino
beve*)

PAND.
POLL. } due   *a*   Un brindesi ancor noi
                  Faremo a tutti voi,
                  Perché ci fate onor.

TUTTI   Evviva la Cuccagna,
                Evviva il buon licor. (*Pandolino beve. Tutti si alzano*)

PAND.   Oimè, sento un gran caldo. (*va traballando*)
COMP.   Che avete? State saldo.
PAND.   Par che girino i fiori;
            Par che tremi il terreno.
CORT.   (Ha bevuto assai bene).
LIB.   (È assai ripieno).
LARD.   Amico, buona notte;
            Vado a dormire.
PAND.   Andate.
            Levatevi di qui, non mi seccate.
COMP.   Come? Al Governator?
LARD.   Non me n'offendo;
            Compatisco il meschino:
            So che non parla lui, ma parla il vino. (*parte*)

SCENA QUINDICESIMA

Madama CORTESE, *Madama* LIBERA, POLLASTRINA, COMPAGNONE *e* PANDOLINO

PAND.   Cospettonon d'un Bacco,
            Ei m'ha detto ubriaco;
            Lo voglio scorticar.
CORT.   Deh no, fermate,
            Se vagliono con voi di donna i prieghi.
PAND.   A tanto intercessor nulla si neghi.
CORT.   Vi ringrazio, signor. (Ma me ne vado,
            Che or ora non vorrei
            Che s'avesse a rifar coi fatti miei). (*parte*)

SCENA SEDICESIMA

Madama LIBERA, POLLASTRINA, COMPAGNONE *e* PANDOLINO

POLL.   Caro marito mio,
            Che avete mai che andate traballando?
PAND.   Tacete; vi comando
            Andar subito via.
COMP.   Fermati; vuò che stiamo in allegria.

(*prende una bottiglia, e vuole che tutti bevano*)

                Allegri, compagni,
                  Beviamo, godiamo
                  Del dolce licor.

POLL.   *a due*   Non posso, non voglio,
LIB.

COMP.   Godiam, se volete,
                  Beviamo fin dì. (*beve con Pandolino*)

PAND.   Tenetemi, io casco. (*alle donne*)
                  Lasciate il mio fiasco, (*a Compagnone*)
                  Che bever io vuò. (*beve*)

POLL.   *a tre*   Bevete, buon pro.
LIB.
COMP.

PAND.   Ragazze mie care,
                  Venite con me.

COMP.   Due donne per voi?
                  Giustizia non è.

POLL.   *a due*   Ognuno di voi
LIB.

PAND.   Mia bella... non voglio. (*mostra voler Pollastrina, poi la lascia*)
                  Mia cara... partite...
                  Venite... sentite...
                  Gran caldo mi fa.

POLL.   *a tre*   Non può più star in piedi,
                  In terra or ora va.
LIB.
COMP.

PAND.   Vogliamo un po' ballare,
                  Vogliamo un po' cantar?

POLL.   *a tre*   Andate a riposare,
                  Non state a delirar.
LIB.
COMP.

PAND.   Vuò stare in compagnia,
                  Vuò stare in allegria;
                  Non me ne voglio andar.

POLL.   *a due*   Tenetelo, tenetelo.
LIB.

COMP.   Andiamlo a coricar.

PAND.   Vuò star in compagnia.

A quattro   Evviva l'allegria
                  Che Bacco fa provar.

                (*Portano via Pandolino, che sempre più va traballando*)

ATTO TERZO

SCENA PRIMA

Giorno.

Spiaggia di mare con veduta in qualche distanza d'una galera ed altri legni.

ORONTE *e Soldati sbarcano da uno schifo.*

ORO.   Ecco la spiaggia, amici,
Che ci additar gli esploratori nostri.
Di qui poco lontano
Evvi un popol villano
Che d'ozio vive e mangia all'altrui spese,
E Cuccagna si chiama il suo paese.
Giacché il nostro monarca
Bisogno ha di soldati,
Andiam là dentro armati;
Saccheggiam la città di vizi piena;
Conduciamoli tutti alla catena.

  Chi non ha miglior mestiere,
   Faccia quello del soldato;
   Che se almen sarà ammazzato,
   Darà gloria al suo valor.
  Bella cosa poter dire:
   Morirò col ferro in mano;
   Morirò pel mio sovrano;
   Morirò per farmi onor.
(parte col seguito de' Soldati)

SCENA SECONDA

Camera di Pandolino e Pollastrina.

PANDOLINO *in veste da camera da una parte,* POLLASTRINA *in disabiglié dall'altra; poi* COMPAGNONE *con Servi.*

PAND.   Ben levata, signora consorte.
POLL.   Ben levato, il mio caro marito. *(s'incontrano)*
PAND.   Ha dormito?
POLL.   Sì, signore.
PAND.   Mi rallegro.
POLL.   Ed io con lei.
PAND: Grazie, grazie.
POLL.   Ben obbligata.

COMP.	Ecco, signori miei, la cioccolata. (*Servi portano tre cioccolate*)
POLL.	Che grazie, che finezze!
	Queste son politezze!
COMP.	Via, sediamo.
POLL.	Come comanda lei. (*siedono*)
PAND.	(Io piuttosto un cappon mi mangerei). (*da sé*)
COMP.	Sedete ancora voi. (*a Pandolino*)
PAND.	Con sua licenza;
	Ma non dubiti, so la convenienza.
	(*tira la sedia lontana da loro, e siede in modo che poco li vede*)
COMP.	Questo vostro marito
	A imparar i costumi è stato lesto.
POLL.	Queste usanze, signor, s'imparan presto.
	(*I Servi portano la cioccolata a Pandolino*)
PAND.	Obbligato, signori,
	Questa roba non serve
	Per lo stomaco mio.

SCENA TERZA

LARDONE *e detti.*

LARD.	Date qua, date qua: la bevo io.
POLL.	Signor Governator.
COMP.	Caro Lardone.
POLL.	Venite.
COMP.	Favorite.
LARD.	Ehi, mi date licenza? (*a Pandolino*)
PAND.	Oh, non si parla.
LARD.	Eh là, presto avvisate
	A madama Cortese
	Che porti a Pandolin la colazione,
	Intantoché facciam conversazione.
	(*siede presso Pollastrina e parte un Servo*)
POLL.	Lei mi fa troppo onore.
LARD.	Avete riposato? (*bevendo la cioccolata*)
POLL.	Sì, signore.

SCENA QUARTA

Madama CORTESE, *Madama* LIBERA *con Servi che portano un tavolino con una zuppa, un piccione, pane, vino e salvietta.*

LIB.	Eccoci, Pandolino,
	Colla zuppa, il piccion, il pane e il vino.
PAND.	Oh roba prelibata!
	Questa, questa è la vera cioccolata.

(*Frattantoché le due Donne fanno scena con Pandolino, Pollastrina e gli altri due mostrano di discorrer assieme)*

CORT.	Lasciatevi servir. (*a Pandolino*)
LIB.	Con pulizia. (*gli mettono la salvietta al collo e siedono con lui*)
PAND.	Grazie a vussignoria.
CORT.	Osservate che brodo!
PAND.	Ahimè, respiro.
LIB.	Questo grasso piccion par di butirro.
POLL.	Signor consorte amato, Mi rallegro con lei.
PAND.	Lei badi ai fatti suoi, ch'io bado ai miei.
LARD.	Egli ha fatto del frutto. (*a Pollastrina*)
POLL.	L'esempio è una lezion che insegna tutto. (*a Lardone*)
COMP.	Noi gli uomini rendiam accorti e scaltri. (*a Pollastrina*)
POLL.	Facilmente si fa quel che fan gli altri. (*a Compagnone*)
CORT.	Animo, non bevete? (*a Pandolino*)
LIB.	Ecco il vino, tenete. (*gli versa un bicchier di vino*)
PAND.	Per dir la cosa vera, Mi ricordo la cotta di iersera.
LARD.	Andiamo un poco a spasso? (*a Pollastrina*)
COMP.	Andiamo a passeggiare?
POLL.	Vorrei, se si potesse, un po' ballare.
LARD.	Subito, volentieri.
COMP.	Andiamo pure.
POLL.	Benché sia di mattina?
COMP.	Eh, non importa; Fra noi si usa così, Si fa quel che si vuol, sia notte o dì.
POLL.	Dove dunque anderem?
LARD.	Nel mio giardino.
POLL.	Volete, Pandolino, A ballare venire dove andiam noi?
PAND.	Lasciatemi mangiar, che verrò poi.
POLL.	Vado intanto a vestirmi, (*a Lardone*) E poi vengo in giardin a divertirmi. (*entra nella sua camera*)

SCENA QUINTA

PANDOLINO, *Madama* CORTESE, *Madama* LIBERA *a sedere,* LARDONE *e* COMPAGNONE *alzati.*

LARD.	Vado anch'io, vado anch'io. Avrà forse bisogno Di qualcheduno che le allacci il busto. Questo della Cuccagna è il nuovo gusto. Nel servir dama Vi vuol giudizio, Far le sue cose Come che va. Presto lo specchio;

Lesto una spilla;
Subito il pettine,
Polvere, gli abiti.
Per aver merito
Così si fa.
Che voi fiutate?
Dite di no?
Queste son cose
Da molti usate.
Son ragazzate,
Sì, lo confesso,
Ma col bel sesso
Lo suole fare
Chi la sua grazia
Perder non vuol. (*entra in camera di Pollastrina*)

SCENA SESTA

PANDOLINO, *Madama* CORTESE, *Madama* LIBERA, *come sopra, e* COMPAGNONE

PAND.   E voi che cosa fate? (*a Compagnone*)
Perché mai non andate
A servir Pollastrina?

COMP.   Vi dirò.
Adesso non ci vo
Perché il Governatore ha preso il posto.
Ognun dee aver le convenienze sue.

PAND.   Eh non importa, andate tutti due.

COMP.   Quando si tratta poi di compiacervi,
Andrò a veder se mai
Ne avesse di bisogno. Già le donne
Si prendono di noi divertimento,
E c'impiegan se fossimo anche cento.

La donna ha l'ambizione
D'aver serventi assai,
E a tutti comandar.
Da chi si fa acconciar,
Da chi si fa vestir,
Da chi si fa servir,
Da chi si fa comprar.
E poi v'è sempre quello
Che gli rallegra il cor.
(*va in camera di Pollastrina*)

SCENA SETTIMA

PANDOLINO, *Madama* CORTESE *e Madama* LIBERA

PAND.   Ho bevuto, ho mangiato; (*si alzano*)
           Vi son, signore mie, tant'obbligato.
CORT.   Ognora che volete,
           Pronta mi troverete.
PAND.   Evviva il buon umore;
           Così sono le donne di buon core.
CORT.   Avete voi sentito,
           Che si deve ballar?
PAND.   Sì, ma che gusto
           Andarsi a faticare,
           A stancarsi, a sudare?
CORT.   E nol sapete?
           La donna per ballare
           Talor perde il giudizio,
           Né si cura d'andar in precipizio.

                 Chi non fa quello
                   Che l'altre fanno,
                   Prova un affanno
                   Crudele al cor.
                 Il buono, il bello,
                   Noi non cerchiamo,
                   Ma seguitiamo
                   L'uso maggior. (*parte*)

SCENA OTTAVA

PANDOLINO *e Madama* LIBERA

PAND.   Possibile che abbiate
           Tanto gusto a ballar, voi altre donne?
LIB.   E credete che sia
           Del ballo il gran piacere,
           Che ci guida al festino?
           Siete voi veramente un Pandolino.
PAND.   Ma dunque, perché mai
           Cotanto delirate
           Dal gran piacer, quando a ballar andate?
LIB.   Vi dirò io perché: perché si trova,
           Quando si va al festino,
           Sempre qualche amorino;
           Perché si può parlar con questo e quello;
           Perché nel far le contradanze in tanti,
           Si può far qualche scherzo con gli amanti.

                 Se non si balla,
                   Si sta a sedere;
                   Si sta a vedere,
                   E a criticar.
                 Sempre si chiacchiera
                   Di qua e di là;

Sempre si mormora
Senza pietà.
Poi vien l'invito;
Si va a ballare;
E si suol fare
Quel che si sa. (*parte*)

SCENA NONA

PANDOLINO *solo*.

Adesso l'ho capita. Dunque vanno
Non per ballar... ma vanno... brave, brave.
E i padri ed i mariti
Le lasciano ballar? Ed ai festini
La madre le accompagna?
Evviva la Cuccagna.

SCENA DECIMA

POLLASTRINA *e detto*.

POLL.	Oh via, marito,
	Datemi man, guidatemi al festino.
PAND.	Se fossi un babbuino.
	Vada pure, io non voglio
	Prendermi per la moglie un tale imbroglio.
POLL.	Eppure v'ingannate.
	Anzi quando la moglie
	Va a un pranzo, ad un festino,
	O a qualche lauto generoso invito,
	La conduce sovente il buon marito.
PAND.	E poi?
POLL.	Quando ha mangiato,
	Quando un poco ha goduto,
	Se ne va per la via dond'è venuto.
PAND.	Ma io cos'ho da fare?
	Di già non so ballare.
POLL.	Ma questa è una vergogna:
	Imparare bisogna.
PAND.	Una volta sapeva il minuetto,
	Or non me ne ricordo.
POLL.	Via provate,
	Se la figura almen vi ricordate.
	Facciam la riverenza.
PAND.	Imparare non voglio;
	Non ci trovo diletto;
	Sol nel tuo dolce affetto
	Consiste il mio piacer.

POLL.   Di questo, o caro
              Esser ne puoi sicuro,
              Su la mia fé, su l'amor mio lo giuro.

PAND.   Caro ben, dolce mia vita,
                        Per te in sen mi brilla il core.
POLL.   Idol mio, gioia gradita,
                        Ardo sol per te d'amore.
PAND.   Dammi un guardo.
POLL.   Ah sì, cor mio.
              Un a me.
PAND.   Ti guardo anch'io
              Gioia bella!
POLL.   Vita cara!
a due   Ahi, che l'alma da te impara
              Per dolcezza a sospirar. (*partono*)

SCENA UNDICESIMA

Giardino preparato per il ballo.

ORONTE *e Soldati.*

ORO.   Amici, è questo il loco
              Ove verran fra poco i sfaccendati.
              Siamo stati avvisati
              Dai lor compagni stessi,
              Mentre fra questi grassi Cuccagnoni
              Vi sono per lo più mezzani e spioni.
              Ritiriamoci dietro alla cantina;
              E quando li vedremo
              Immersi nel piacer, li assaliremo. (*tutti si ritirano*)

SCENA DODICESIMA

LARDONE, COMPAGNONE, *Madama* CORTESE, *Madama* LIBERA *e Compagni.*

LARD.   Animo, vuò che stiamo allegramente,
              Senza pensare a niente,
              In buona compagnia.
TUTTI   Viva, viva il bel tempo e l'allegria.

SCENA TREDICESIMA

PANDOLINO, POLLASTRINA *e detti.*

PAND.   Eccoci ancora noi

	A ballar, a goder assieme a voi.
LARD.	Che ballo vogliam far?
POLL.	Balliamo tutti.
PAND.	Facciam un di quei balli
	Nei quai ballando in molti, come i matti,
	Si puon far di quei scherzi così fatti.
LARD.	Animo, suonatori,
	Suonateci all'usanza
	Una bella e graziosa contradanza.

(*Si dispongono in figura di ballare la contradanza. I Suonatori la suonano e i Personaggi principiano a ballare.*)

SCENA ULTIMA

ORONTE, *Soldati e detti. I Soldati colle spade alla mano assaliscono tutti, incatenano gli Uomini e tengono custodite le Donne.*

LARD.	Oimè, che cosa è questa?
PAND.	Oimè, per carità. Poveri noi!
ORO.	Non vi movete voi:
	Se fate un moto solo,
	Sotto di mille spade caderete.
LARD.	Ma da noi che cercate? E voi chi siete?
ORO.	Io son Oronte: capitan io sono
	D'un re, ch'ora non deggio
	Nominar per rispetto,
	Spedito a solo oggetto
	Di far gente da guerra.
	Onde sotto l'insegna
	Del nostro re voi tutti condurremo
	Alla spada, al cannon, e forse al remo.
LARD.	Oh povero Lardone!
COMP.	Misero Compagnone!
PAND.	Pandolin sventurato!
	Il buon tempo per me poco è durato.
POLL.	E noi che far dobbiam?
ORO.	Voi che in bagordi
	Male il tempo spendete,
	Se vorrete mangiar, lavorerete.
CORT.	Povera dispensiera!
LIB.	Trista cerimoniera!
POLL.	Pollastrina infelice e sventurata!
	La Cuccagna per me poco è durata.
ORO.	Andiamo, andiamo, amici,
	Conduciamoli tutti ai nostri legni.
	Le donne all'ospital si manderanno;
	Gli uomini serviranno; e vedrà il mondo
	Ch'è bella la Cuccagna in ogni loco,
	Ma per proprio destin suol durar poco.
CORT. *a tre*	Andiamo, andiamo, misere,
	Andiamo a lavorar.

LIB.
POLL.
LARD.   *a tre*   Andiamo, andiamo, poveri,
        Andiamo a faticar.

COMP.
PAND.
ORO.   Evviva la Cuccagna
        Non sento più a cantar.
TUTTI   Finita è la Cuccagna,
        Andiamo a faticar.

Fine del Dramma.